童話旅人團

反轉龜兔賽跑

① 1

一樹 著　　雅仁 繪

目錄

旅人們，出發！

翰修

聰明機智、沉默寡言，常常冷着一張臉，但為了甜食可以放下他的高冷。

小紅帽

頭腦簡單的開朗少女，旅人團裏的打鬥擔當。千萬不能讓她捱餓，她會打人的！

傑黑

擁有大量不同技能的證書，待人溫文親切，不過一打噴嚏就會變成可怕的人狼。

1. 三個旅行者

中午時份，三個年輕的**旅行者**穿過一片樹林。燦爛的**陽光**通過樹葉切成一塊塊碎片，灑在他們身上。

「肚子好餓啊。」少女說，一對肩膀垂下來。

「我們不是才剛吃過早餐嗎？」少年冷峻地道。

「你還好意思說，所有乾糧都給你們**吃光**了，我根本沒有吃過東西。」少女瞪着他。

「那是因為你睡過頭，你只能怪你自己。」

「好啦好啦，不要吵了。」另一個少年充當和事佬，他扶一扶 眼 鏡 。他的背上有個背包，裝着大家的行李。

說着說着，三人穿越樹林。

「看，前面有個小鎮。」眼鏡少年指着前方，「我們可以找間餐廳歇腳，吃點東西。」

「餐廳餐廳餐廳 ♥♥♥♥♥♥」

少女兩眼發光，向地平線上的小鎮跑去。

眼鏡少年抹一把汗。再讓少女餓下去的話，她可能會打人呢。

小鎮裏某個街頭。

「**你還要繼續賭下去嗎？**」公雞摸摸他的雞冠，對小兔子説。

他們分別坐在一隻木箱上，中間隔着一堆磚頭；磚頭上面放了一籃雞蛋。

「嗯。」小兔子點點頭，拭去頭上的蛋液。他是格雷，年紀只有十歲。

這裏是鎮上最**龍蛇混雜**的地方，地上可以看到很多垃圾，屋子也是**破破舊舊**。

為什麼一個小孩會在這種地方出現呢？因為公雞在這裏開了賭檔，格雷想去碰一下運氣，賺一筆錢。

格雷把家裏比較值錢的東西拿出來下注。

「再來一局。」

「沒問題。」公雞笑道。

賭博的形式很簡單，他們中間有六隻雞蛋，其中一隻是熟的，其餘是生的；雙方一先一後輪流挑一隻雞蛋砸頭，誰砸到生蛋誰就算輸。

「這一局請讓我贏。」格雷自言自語，手中抓緊一顆糖果。那是他的幸運信物，每次拿着都會有好事發生。

只是這天幸運糖果沒有發揮作用，他已經連續輸了四局，不管他是先拿蛋還是後拿蛋，始終都會選到生蛋。

這一回格雷決定讓對方先拿蛋，結果還是輸了，砸得整個頭都是蛋液。他帶來的家當已輸得七七八八。

格雷疑惑的望着公雞。公雞每一次都贏他，怎麼可能？

「怎麼樣？**還賭不賭？**」公雞說，一面為籃子補充新蛋，並把它們攪亂。

「難道他在雞蛋上做了**標記**？」格雷想。這樣公雞就能避開生蛋了。

問題是格雷曾經仔細檢查那些蛋，不論是生的抑或熟的，都肯定沒有動手腳。

格雷拍拍自己的臉龐，叫自己不要浪費時間想東想西。

「**我要賭最後一局。**」他押下剩下的全部家當。

「好的。」公雞欣然接受賭注。

「這些雞蛋看來好好吃啊。正好我肚子餓。」忽然一個套着**紅色風帽**的少女走過去，撿起籃子裏

一隻雞蛋，剝了來吃，「唔，真的不錯。」

　　隨行還有兩個少年，一個木無表情，一個戴着眼鏡。

　　「不知道是不是雞毛的關係，我的鼻子好癢。」眼鏡少年說。

　　「別在我面前打噴嚏。」冷酷少年說。

　　「你們在幹什麼？」公雞不滿的站起來。

　　「賭博本身就是不好的行為，你這樣使詐就更惡劣了。」眼鏡少年說，對格雷笑一笑，「**我們是來為你抱不平的。**」

「為我抱不平？」格雷看看另一個少年，心想大概只有殺人犯才會有那種冷酷的神情。

「你看什麼看？」這時冷酷少年說。

格雷立刻別開目光。

「這個人一定是**壞人**！」

他不相信眼前這三個人，拿回家當想開溜。

「你要去哪裏啊？」但少女抓住了他，那個勁道令人聯想到蠻牛。

「好痛！」格雷說。她也很**嚇人**啊。

「不要亂說話，我才沒有使詐！」公雞反駁眼鏡少年，指指格雷，「這個小鬼可以做證，他曾經檢查過那些雞蛋，一點問題也沒有！」

「呃……對……」格雷囁嚅道。

「你是笨蛋嗎？就算真的是這樣，你也應該說謊呀。」少女說。

「請你不要灌輸錯誤的觀念。」眼鏡少年說。

「這個小鬼當然沒有發現問題，因為你是用紫

外線來做**記號**。紫外線
是看不見的光線，但有些
動物能看到這種光線，例
如鳥類。」冷酷少年指着

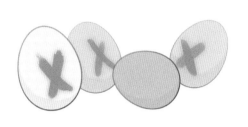

籃子，「你在生蛋表面塗了尿液，由於尿液會吸收紫外
線，而你又看到紫外線，所以知道哪些蛋是生的。」

　　「雖然你只塗了一點尿液，但我也能嗅出來。」
少女擦擦鼻子。她大老遠就嗅到尿臭，所以冷酷少
年才猜到公雞的伎倆。這也是為什麼她能挑出熟蛋
來吃。

　　公雞想不到他們能識破他的**詭計**，惱羞成
怒。

　　「你們是活得不耐煩嗎？怎麼這麼多事？」他
打算修理他們一頓。

　　不少人誤會雞是溫馴的動物，其實公雞相當
好勇鬥狠。

11

「我討厭暴力。」冷酷少年退後一步,「小紅帽。」

「有。」少女舉手應道,跳到公雞面前,「我們正在趕時間(去吃午飯),所以得**速戰速決**。」邊說邊自身上取出一柄大鐵錘。

「她怎麼能夠拿出這麼大的錘子?藏在哪裏的?」格雷叫道。

「小姐,有話好說……」公雞**臉也綠了**。

「再見。」少女不理會他,一錘把他打到老遠。

冷酷少年一眼也沒有看公雞。

「沒事了。」眼鏡少年對格雷笑道,把他的財物還給他。

格雷沒有說話。這個眼鏡少年倒還好,其他兩個人卻很**恐怖**。

「去吃午飯吧。吃烤雞怎麼樣?」冷酷少年說。

如果說公雞是壞人,那他們看來也沒有好多少……

2. 格雷的煩惱

餐廳內，少女盯着格雷。

「你怎麼用這種眼神看我們？你很怕我們嗎？」

格雷先是點頭，然後發覺自己不應該這麼老實，忙又搖頭。

侍應這時端上食物，是**兩隻烤雞**。少女即時對格雷失去興趣，自顧自的吃起東西來。

「你、你們是什麼人？」格雷**顫聲**問。

「我們是旅客，剛好路過你們的小鎮。」眼鏡少年自我介紹，「那個姐姐是瑪莉，不過因為她總是戴着**紅色風帽**，大家一般叫她『小紅帽』。我是傑黑，是跟小紅帽一起長大的好朋友。因為某些原因，我和小紅帽要到處旅行。」

「這個人是獵人的兒子，性格卻**溫溫吞吞**，一點也不痛快。」嘴巴塞滿雞肉的小紅帽補充。

「好失禮……」格雷看着她的吃相，暗忖道。

「至於他是……」傑黑望向冷酷少年，示意他接話。

「翰修。」他簡潔道。

「我們跟翰修是在旅途上認識的。經過一些事後，大家決定一起上路。」傑黑說。

那些事是什麼？他們又是為了什麼而旅行？格雷想知道答案，可是他不敢追問。

「那你呢，你叫什麼名字？」介紹完畢後，傑黑問格雷。

「我叫格雷。」他低聲道。

「你怎麼會來到這樣的地方，跟公雞賭錢？」

「我……」格雷猶豫該不該說出來。

「你可不可以乾脆一點？這樣婆婆媽媽很討厭。」翰修說。

「知道，我什麼都說出來！」格雷說，差點沒立正敬禮，「因為我需要很多錢，去救我的哥哥。」格雷有個哥哥，名字叫偉特。

「救你哥哥？」傑黑說。

「對。他惹上了**全鎮最大的惡霸**……」

鎮上有家大賭場，老闆是烏龜馬菲亞。儘管馬菲亞個子小小，但行為卻比大象更**霸道**。因為他的賭場比任何一門生意都賺錢，令他擁有龐大的勢力。沒有一個居民不怕他。

為了把這個不受歡迎的人物趕走，早幾天偉特不顧後果，在街上把馬菲亞截住。

「**我們已經忍夠你了**，馬菲亞，請你離開這個小鎮，以後不要回來。」偉特説。

偉特提出跟馬菲亞玩個遊戲，如果他贏了，馬菲亞就要離開小鎮，永遠不能回來；倒過來，如果他輸了，他就去當馬菲亞的奴隸，當上一輩子。

馬菲亞一向很喜歡賭博，加上他極之好勝，所以答應參與遊戲。

「我怕哥哥會成為馬菲亞的奴隸，所以想送馬菲亞一筆錢，請他取消協定。」格雷哽咽道。

不過沒有一個人聽他說話。

小紅帽在吃東西，吃得**亂七八糟**；傑黑在忙着照顧小紅帽；而翰修在低頭打盹。

「⋯⋯」

「不好意思，剛剛分了一下神。」傑黑坐回格雷旁邊，**頭上掛着一根雞骨頭**，「我認為你的心意很難得，可惜那個馬菲亞恐怕不會那麼輕易取消協定。」

格雷低下頭。他何嘗不知道他做的事**於事無補**，只是除此以外他沒有別的辦法。

「想幫你哥哥，最直接的方法是讓他在遊戲裏打敗馬菲亞。」小紅帽說，原來她有在聽，「幫幫格雷吧，翰修。」

「為什麼我要管這件事？」翰修表示異議。

「好得很，我也不想你們管。」格雷想。翰修、

小紅帽、傑黑似乎沒有他想的那麼壞，但他們也不像是可靠的幫手。

「不要這麼自私啦。你無論如何也不肯幫格雷嗎？」小紅帽說。

「又不是這樣。假如他把手上的 **糖果** 送給我，或者我可以考慮一下。」翰修瞄着格雷的手。他一直拿着他那顆幸運糖果。

翰修超愛甜食，在他的世界裏，甜食排第二位。

「我想我不需要幫忙。」格雷說。

「真的嗎？你肯定？」翰修問。

「我肯定。」

「你真的肯定？」

19

格雷大冒冷汗。翰修是想要我的糖果吧……

「讓我們幫你吧。」傑黑插嘴,「我有信心我們能打敗馬菲亞,拯救你哥哥。你知道**糖果屋的女巫**嗎?」

「那個喜歡抓小孩的壞蛋?我當然知道了。」

「那個女巫已經給人收拾了,而收拾她的人是翰修。」傑黑比比翰修,「然後小紅帽也很厲害……」

「我曾經徒手打倒一頭**人狼**。」小紅帽一手抓着胡椒粉,一手抓着雞腿,得意地道。

「他們都是有能力的人,值得信賴。」傑黑説。

格雷看着傑黑,覺得他有哥哥的那份**正義感**。

他有點被説服了。也許自己應該接受他們的心意,不要那麼倔強。

「那好吧,請你們幫助我哥哥,擊敗馬菲亞。」格雷向傑黑鞠躬,「拜託你們了。」

「包在我們身上。」傑黑笑道。

小紅帽也**展顏微笑**，一面為雞腿加胡椒粉。

一個不小心加太多，一些胡椒粉飄到傑黑那裏。

「哈啾！」傑黑因此打了個大噴嚏。

小紅帽立即做出「**闖禍了**」的表情。

「你的反應怎麼這麼大？」格雷不解道。

才說完，傑黑的身體出現**急速的變化**：他全身長出濃密的毛髮，嘴巴變大，牙齒、指甲也變尖……

「胡呀！」不到一秒的時間，傑黑從人類變成人狼！

原來傑黑有個**毛病**，就是會在打噴嚏後變人狼！

變了人狼的傑黑直視着格雷，大流口水。

「你想幹嗎？」格雷牙關打戰。

本來他以為傑黑是最正常的那個人，殊不知他弄錯了。

「他是最可怕的那個人才對！」格雷叫道，拔腿逃跑。

「呀──！」傑黑緊緊追着他。

一兔一狼在餐廳追逐了起來，弄到*天翻地覆*。

「不好意思，傑黑會在三十分鐘後變回原形，你就*忍耐一下*吧。」小紅帽對奔跑中的格雷說，雙手合十。

「不要忘記，事成之後把你的糖果給我。」翰修說，然後吃一口蛋糕，露出*滿足*的神情。

這個組合有這麼多狀況，到底能不能對付馬菲亞呢？

3 非一般龜兔賽跑

翰修、小紅帽、傑黑、格雷聊了半天，還沒有聊到最重要的部分——偉特說的遊戲是什麼。

「是賽跑，**不過不是一般的賽跑**。」格雷說，他後腦勺有一大片毛給傑黑拔掉。傑黑一臉抱歉。「哥哥現在在家，詳情我看由他親口告訴你們比較好。」

格雷住在一所兩層樓高的房子。到了格雷的家，偉特正在梳化睡覺，於是格雷把他叫起來，並介紹翰修等人。

「這個就是⋯⋯」小紅帽説。

「格雷的哥哥嗎？」傑黑説。

聽了格雷的描述，他們想像偉特是個**不畏強權**的英勇青年。但實際看到他的外表，他卻比較像傻瓜──

他的睡相十分窩囊，不但如此，頭上還莫名其妙的有隻叉，像捲意大利粉般捲着他的毛髮。

「喂，你頭上幹嗎會有叉？」小紅帽問。

「你問得太沒有禮貌了，小紅帽，雖然我也很在意。」傑黑説。

「哈哈哈⋯⋯」偉特揮一揮手，表示「這種事不重要啦」。

「幾天之後你會跟馬菲亞**決鬥**，我們是來幫助你的。」翰修説。他倒是一點反應也沒有。

25

「説實在我可以應付得來啦。」偉特摸摸弟弟的頭，欣喜他這麼**關心**自己，「不過有人幫忙也不是壞事。」

「首先我想搞清楚，你們玩的遊戲是什麼？」翰修不説廢話，直接問。

「是賽跑，不過和正常的賽跑不一樣。」偉特環視翰修、小紅帽、傑黑，「我們的比賽是*跑得最慢*的勝出。」

「吓！」翰修、小紅帽、傑黑説。

偉特在簿子上寫下**龜兔賽跑**的規則：

一／競賽距離是一百米。

二／最慢衝線的勝出。

三／身體碰到終點線即算衝線。

四／限時是一座沙漏的時間，直至沙漏的沙流光。須在限時內完成賽事。

五／不能與對手有身體接觸。

六／違反規則四、五一律淘汰。

「好奇怪的比賽。」那是小紅帽第一個想法，「還有字迹**好醜**。」她對偉特說。

「你為什麼會提出這樣的遊戲來？」翰修問偉特。兔子的專長是跑步，不是應該提議正常的賽跑嗎？

「因為這樣比較公平呀。」偉特**理所當然**道，「如果是正常的賽跑，我肯定會贏馬菲亞。但我不想佔他便宜，所以我提議大家比慢的，不要比快的，那雙方就可以公平作賽了。」

「你果然是傻瓜。」翰修說，覺得偉特正直過頭。

那些規則定得不錯，像定義了何謂衝線，那是最容易引起糾紛的地方，又設定了時間限制，避免比賽無了期的進行下去。

「這些規則也是你定的嗎？」翰修問偉特。

「不，是馬菲亞把規矩完善起來的。」

翰修不感到意外，這樣慎密的條例，不大可能是偉特想出來。

「這些規條會不會有什麼問題？」格雷問。馬菲亞一向詭計多端，格雷擔心他隱藏了可以利用的**漏洞**。

翰修搖搖頭。

「我看不到有什麼問題。」

小紅帽、傑黑望着格雷、偉特，覺得他們的兄弟之情很可愛、很溫暖。

「關於比賽，你有什麼策略？」翰修問偉特。這是最重要的事情。

偉特登時現出**自信的笑容**，看來他已經有對策了。

「讓你們瞧瞧我的計劃吧。」他豎起大拇指道。

示範計劃的地點是偉特、格雷家門前，偉特着格雷用樹枝畫下起點線、終點線。

正式比賽會在馬菲亞的賭場舉行，時間是正午十二時。屆時賭場會為偉特、馬菲亞騰出空位，劃

出賽道。任何人都可以參觀賽事。

「怎麼偉特還不拔掉頭上的叉？好想替他拔下來啊。」小紅帽看着偉特，***蠢蠢欲動***，但給傑黑制止了。

偉特蹲在起點線，準備展示他的計劃。

「各就各位，預備，***開始！***」翰修説。

一説完，偉特以超慢——的——動——作——開——跑——，並———一——直——保——持——這——個——速——度——。

一隻蝸牛路過，爬得也比他快。

「……」翰修、傑黑張目結舌。

「的確是好主意。」小紅帽卻不覺得不妥。

「加油，哥哥！」格雷也一樣。

「最慢衝線的勝出，不等於要以慢動作比賽……」翰修説，他感覺壽命也短了幾年，「你們再想一下那些規則，最合邏輯的作賽方式是什麼？」

「那麼多規則，誰耐煩記起來啊。」小紅帽嘟嘴道。

「你是金魚只有三秒記憶嗎？」傑黑苦笑道。

「唔⋯⋯」偉特、格雷大動腦筋，但毫無主意，腦子想到快燒掉了。

「最合邏輯的方法是走到終點線前面等待。」翰修說，一面走到終點線，「然後在時間結束前一刻衝線。」以手觸碰終點線。

「有道理。」「有道理。」「有道理。」「有道理。」小紅帽、傑黑、偉特、格雷分別說，並捶一捶手心。

「你們是 **報時小鳥** 嗎？」翰修說，舉起一根手指，「不過這樣又會產生一個問題。」

「問題？」「問題？」「問題？」「問題？」四人又做報時小鳥，問翰修。

「你們可不可以自己 動 腦 筋 想一想？」

「想不到。」「想不到。」「想不到。」「想不到。」

翰修拿他們沒轍。

「假如比賽雙方都採用這個方法，大家都會在最後一刻觸摸終點，那就很難分出勝負。最後大概只有靠僥倖決定，看哪一方比較慢。」説着掃視偉特、格雷，「你們肯定不想把勝負放在**運氣**上吧？要確保勝利，就要研究比賽的規則，找出不尋常的手段。」

時值黃昏，太陽的餘輝把小鎮染成**橙黃色**，萬物進入休息的階段。

「今天大家都累了，不如好好休息一晚，明天再討論這件事？」偉特體恤道，「要是你們不嫌棄，可以住在這裏。」他對翰修、小紅帽、傑黑説。

偉特真的是個好人，頭上甚至可以看到 光 環。

不，看真一點，那是他的叉子在反光而已。

翰修、小紅帽、傑黑臉皮比樹皮還要厚，於是 **恭敬不如從命**，在偉特、格雷的家暫住幾天。

4. 實驗

　　第二天，為了定立龜兔賽跑的策略，翰修、小紅帽、傑黑、偉特、格雷跑到了戶外進行實驗。

　　比賽在後天舉行，他們只有兩天時間。

　　他們前往的是綠樹林蔭的地方，四處長滿鮮花。那些花卉色彩奪目，彷彿是彩虹的源頭。

　　「**好漂亮哦！**」小紅帽在花叢中奔跑起來。

　　看到小紅帽這麼高興，傑黑禁不住露出微笑。

　　「為什麼要老遠跑到這種地方來？又不是去

野餐。」翰修說。偉特表示應該找個美麗的地方做實驗，但翰修覺得一點意義也沒有。

「你總是這麼*掃興*。」傑黑笑道。

與此同時，偉特、格雷放下籃子，在地上鋪上墊布。

「你們真的是來**野餐**啊！」傑黑說。

當小紅帽忘形地奔走之際，有什麼東西引起了她的注意。

「咦？」她停下步伐，四下打量。但沒發覺異樣。

「是我多心吧。」她回去同伴所在之處。

一隻小蜜蜂飛過某朵鮮花，**霍地*消失不見*。**

4. 實驗

吃過早餐後，翰修看着傑黑拿出寫了比賽規則的紙皮，釘在樹上。

一 / 競賽距離是一百米。

二 / 最慢衝線的勝出。

三 / 身體碰到終點線即算衝線。

四 / 限時是一座沙漏的時間，直至沙漏的沙流光。須在限時內完成賽事。

五 / 不能與對手有身體接觸。

六 / 違反規則四、五一律淘汰。

「看看這些規則，你們認為我們有什麼致勝的策略？」翰修站在紙皮旁邊説。其他人圍坐在他前面。

「這麼多字，看了就覺得睏。」小紅帽打呵欠道。

「你的集中力跟記憶力一樣糟啊。」傑黑説。

「我實在一點頭緒也沒有。」偉特説，然後看看弟弟。

37

「我也是。」

傑黑盯着眼前的規則。

「身為團隊裏第二聰明的人（？），我得有點**建樹**。」他猛地一震，「我想到了，比賽只有兩個結果，不是贏就是輸，我們輸了即是對方贏了，反過來也一樣……」

「沒錯，我們可以換個思考方式，設法令馬菲亞輸掉。」翰修指指紙皮，「規則二說『**最慢衝線的勝出**』，即是可以讓馬菲亞先衝線，換取勝利。」

這就是他所謂不尋常的手段。

「可是這樣好像有點**卑鄙**啊。」偉特有保留。

「為什麼卑鄙？我們又沒有違反規限。」翰修說。

「也是啦……」

於是他們模擬賽跑的情況，思索怎樣能令馬菲亞先衝線。

「*我有個好主意！*」小紅帽雙眼發出精光。

「我有不好的預兆。」傑黑想。

「看我的！」她向傑黑跑過去，把他抬起來。

「我就知道……」傑黑逆來順受地說。

「將馬菲亞扔過終點不就行了！」小紅帽說，一下子把傑黑拋去**世界盡頭**。

「方向是不錯，但不能這樣做，因為會違反規則五。」翰修說。

規則五的目的是避免雙方有**肢體衝突**。本來比賽就是希望大家以和平的方式調解糾紛。

「要是世上有靈魂出竅，就可以叫偉特的靈魂鑽進馬菲亞的身體，控制他衝線了。」小紅帽發揮想像力道。

再進一步想，假如雙方交換了靈魂，比賽會變回普通的賽跑——在那種情況，雙方都會全力衝刺，務求令對方的身體先到終點。

「可惜世上沒有靈魂出竅。」翰修説。

「不然引誘馬菲亞去終點，怎麼樣？」偉特説。

「這個做法理論上可行，只是他沒有這麼笨吧？」翰修説，腦裏想像在馬菲亞頭上綁一根**紅蘿蔔**，吸引他前進。

「很難説呢，每個人都有自己不能抗拒的誘惑，要是能找到馬菲亞很喜歡的事物，説不定可以引誘他去終點。」偉特説。

「他又不是小孩，有可能會**把持不住**嗎？」

這時格雷亮出他的幸運糖果。翰修立刻把持不住，撲了過去。

「你也不是小孩呀。」格雷説，收起糖果。

他跟他們開始混熟，不再像當初那樣**戰戰兢兢**呢。

「我仍然覺得**勝算不高**，不過試試你們的方法也不妨。」翰修撥撥亂了一點的頭髮，「我們可以跟馬菲亞碰面，找出他有什麼很喜歡。今天能安排嗎？」

「有什麼需要安排的，直接摸上他的家就行了。」偉特説。

「好，那走吧。」翰修動身道。

「等一等，我們是不是少了一個人？」小紅帽説。

「有嗎？」翰修、偉特、格雷説。

「你們不是吧，我的**存在感**有這麼薄弱嗎？」傑黑叫嚷道，從遠處跑過來。

他奔跑的原因不是急於和他們會合，而是有隻**變色龍**在追着他！

「給我回來，*兔崽子！*」變色龍説，身體隨着情緒起伏不住變色。他的頭頂起了個腫包。

「你搞錯了，我不是兔子。」傑黑説。

　　原來傑黑在給小紅帽丟出去時撞到了變色龍。當時他躺了在花叢裏，因為有保護色的關係，完全看不到他。

　　傑黑跑回同伴身邊，簡單說明事情的始末。之後變色龍追上來。

　　近距離一看，變色龍身材健碩，一副**不好欺負**的樣子。

　　「我一定要好好教訓你！」變色龍氣呼呼道。

　　「大家都是講理的人，一場意外而已，何必動手動腳呢？」偉特說。

「我就不是講理的人。」

變色龍說，兇巴巴的逼近他們……

5. 會見馬菲亞

「這裏交給你了。」翰修對小紅帽說，揪着格雷倒退幾步。

「放開我，**我也要去對付這個變色龍！**」格雷的腿不住踢動。

「**少自以為是**，你也過去只會為大家添麻煩。」翰修說。

小紅帽看着變色龍。

「這傢伙看來也沒有什麼了不起，**交給我吧。**」

她自信笑道，俯身向前，連出數拳。

不過變色龍靈巧的打側身子，全數避開。

「喝！」小紅帽收拳轉身，施展**迴旋踢**。

變色龍立刻壓下上身，閃避她的踢擊。同一時間，他的嘴巴吐出拳頭一般的舌頭，從下面射上去！

「**糟了！**」小紅帽想。

舌頭擊中她的下顎，把她打飛起來！

「你也沒有什麼了不起嘛。」變色龍把這句話還給小紅帽話。

一說完，偉特在他背後跳起來，揮拳打他——偉特趁他跟小紅帽交手時溜到他後面，作出**突襲**。

誰想到，變色龍一隻眼睛轉向身後。

「你以為我不知道你在我背後搞**小動作**啊？」他冷冷道，頭也不回，擺動尾巴，將偉特打到老遠的花叢去。

變色龍的眼睛能分開活動，因此擁有 三百六十 度 的視野。換言之他沒有任何盲點，無法向他突襲。

眼見小紅帽、偉特似乎**敵不過**變色龍，傑黑叫格雷給他兔毛，搔自己的鼻孔。

他要讓自己變身人狼，加入戰團。

只是搔了半天仍是一個噴嚏也打不出來。

「可惡，有需要的時候偏偏變不到人狼！」傑黑説。鼻屎倒是挖了一大團。

回到打鬥，變色龍走到偉特所掉的花叢，把他找出來。

「你在看哪裏了？」小紅帽叫道，從變色龍背後攻擊他。

但變色龍**不以為然**，揮動尾巴防守，一邊撥開花叢找尋偉特。

某個花叢抖動，偉特驟然從裏面冒出來，舉起石頭砸他！

只是變色龍*眼明手快*，一把抓住了他的手臂！

「你們打不贏我的。」變色龍説，抓緊偉特的臂膀。

「**呀！**」他呼痛道。

「小紅帽，我來幫你！」危急之際，傑黑打橫向變色龍疾跑過去。就算變不成人狼，他也要幫他們的忙！

變色龍**臉色略變**。以一敵二的話他還可以，但對三個敵人就有點棘手了。

「時間一久我一定會輸，得盡快搞定他們。」變色龍暗忖。

他吐出舌頭，黏着頭上一枝樹枝，像打鞦韆般騰飛上去，借勢把偉特踢開。

「**哇！**」偉特登時直飛開去。

之後變色龍利用樹枝**打一個圈**，飛到小紅帽身後。

小紅帽快速轉身，但變色龍比她更快，吐舌黏着她的背脊，把她擲到傑黑那邊去！

這個變色龍是打架高手，他們惹了不該惹的對手！

「那隻兔子最討厭，讓我先理料他吧。」變色龍說，朝偉特的位置走去。

「**哥哥！**」格雷驚叫道，忍不住想衝出去。但翰修捉住了他。

變色龍一隻眼睛瞧見小紅帽從他背後跑上來，但他不覺得有什麼威脅。

沒料到，小紅帽突然像**變魔術**一般，拿出一柄大鐵錘！

「**什麼⁉**」變色龍錯愕道，回身招架。

「我對你的評價由始至終都沒有改變：沒有什麼了不起。」小紅帽說，抓緊錘柄，使勁把變色龍打飛出去。

「你怎麼會有武器的？**犯規啊！**」變色龍的叫聲隨着他的消失慢慢淡去。

翰修對小紅帽舉起大拇指。她側一側頭，回以一笑。

翰修、小紅帽、傑黑、偉特、格雷花了不少時間跟變色龍糾纏，不過總算把他**擺平**了。

其後大夥兒按照本來的打算，去馬菲亞的宅邸找他見面。

馬菲亞十分**富有**，光是大門的鐵閘就很氣派，設計了華麗的圖案，說是高級藝術品也不為過。

閘門後站了一隻西裝筆挺的花豹，多半是保鑣。

「站着，你們是誰？」他對翰修等人說。

「我們是來找馬菲亞的。」小紅帽說。

「請你告訴他我是偉特。」偉特補充。

花豹叫了另一個保鑣過去，讓他傳話。之後他們被引進花園。這個時間馬菲亞正在花園散步。

到處都可以看見保鑣來回走動，他們全是**肉食動物**。由此可見馬菲亞的身分地位。

過了半晌，終於看到馬菲亞。但見他背負雙手，一派悠然，慢慢向他們走去。

「他真的好**矮小**。」小紅帽說。

馬菲亞確實細小，但絕對不能看扁他。

一個園丁在樹前架了一把「人」字形的梯子，準備站上去修剪樹枝。當馬菲亞經過他時，他不巧絆了一絆，把梯子弄倒了。

「小心啊，馬菲亞先生！」園丁**驚惶**道。

可是馬菲亞毫不理會倒下來的梯子，繼續前進。梯子砰地砸在草地上，幸運地，馬菲亞處於「人」字的三角形空間裏。

馬菲亞最引以自豪的才能不是別的，正是他的**幸運**！

從小到大馬菲亞都非常幸運。當年他開設賭場的本錢，就是靠幸運賺回來。那時他用了**一塊硬幣**去賭博，贏了一大筆錢，從此展開他的事業。

那塊硬幣甚至不屬於他，是他在街上撿來的。

可以說，今天他所以能成為**有財有勢**的人物，幸運有很大功勞。

「你們好。」馬菲亞堆起笑容。

翰修瞧着馬菲亞，覺得這個敵人比變色龍**難纏十倍**！

6. 無敵的幸運

馬菲亞的大宅不消說極之豪華，家具、擺設一看就知道是高級貨，**價值不菲**。

傑黑、格雷戰戰兢兢的待在客廳，不敢亂動。要是有個**萬一**，毀壞什麼東西，不曉得要工作多久才能賠償。

其他人卻沒有那麼纖細。

「這個櫃子做得很**精緻**呢。」偉特像敲門般敲打一個櫃子。

「那個值六萬塊錢。」馬菲亞報出價錢。

「這麼貴喔。」偉特又想敲那個櫃子，格雷趕緊抓住他。

「不要再敲了，哥哥！」

「我實在不懂欣賞這些貴重品。」小紅帽把玩桌子上一個天使擺設。

「那個值十五萬。」馬菲亞說。

「把它放下來！」傑黑馬上叫道。小紅帽是有名的**破壞王**，經常會弄壞東西呢。

馬菲亞展開手腳，豪氣的坐在椅子上。

「再過一天這裏就會是你永遠的家。」他對偉特說，暗示後天的龜兔賽跑偉特會輸。

「……」偉特心裏五味雜陳。

「你們找我幹嗎？」馬菲亞問。

他們的目的是了解馬菲亞的喜好，但當然不能告訴他。

「後天的比賽需要**沙漏**計時，那個沙漏是你準備的，對吧？」翰修説。

「對，你們想看那個沙漏啊？」馬菲亞説。

「沒錯。」

翰修沒有説謊，他們的確也想看一下計時用的沙漏。如果想爭勝，每一個環節都要注意。

馬菲亞**拍拍手**，吩咐傭人搬他們説的沙漏到客廳。

那是一座成人那麼高的沙漏，兩端各有木造的底座；玻璃瓶裏的流沙不多，流完大約要半小時。

翰修繞着沙漏走動。

「要是比賽用時鐘計時，馬斯亞會有機會**做手腳**，把時間調快或者調慢……」翰修想。

假設限時是三十分鐘，時間調快能令偉特誤

55

會三十分鐘快結束，提早衝線；反過來，時間調慢能令偉特以為時間還有剩，導致他超過時限而被淘汰。兩種情況都會讓馬菲亞 **得勝**。

「但用沙漏就沒有那些問題了。」翰修想。

小紅帽從來沒有見過這麼大的沙漏，感到很有意思，也想去研究一番。

「那個沙漏花了**五萬塊錢**去製造。」馬菲亞說。

「五萬塊！」傑黑嚇得眼鏡也跳起來，跑去攔截小紅帽，「你是破壞王，不能碰這東西！」邊說邊拍拍沙漏。

誰知道沙漏「*弱不禁風*」，輕輕一碰就整個跌下來！

「**完蛋了！**」傑黑跟他的眼鏡一同蹦起來。

「你才是破壞王呢。」
小紅帽**吐舌**道。

幸虧翰修反應夠快，
及時把沙漏抱住。

真是捏一把汗。

「**他們是笨蛋嗎？**」馬
菲亞望着翰修、小紅帽、傑
黑想。

「馬菲亞，為什麼你願
意跟我對賭？」

偉特認真的問馬菲亞。

他們也鬧夠了，該切入
正題。

「以你今時今日的地位，什麼都**唾手可得**，
照道理不用做這種無謂的賭博。」偉特對馬菲亞
說，試着打探情報。

「我所以會跟你打賭，是因為我喜歡勝利。」馬菲亞回答他，「現在的我什麼都有，已經沒有東西是我想要的了，除了勝利之外。勝利給我興奮、刺激、優越的感覺，那種快感不是世上任何一樣事情可以媲美。」就是只談到「勝利」這兩個字，馬菲亞的臉色也不禁**泛紅**。

「是啊……」偉特失望道。還以為可以利用什麼引誘馬菲亞衝線，但他表明自己沒有東西想要（除了勝利），即是這個辦法行不通。

「但這次比賽你不見得一定勝利吧？」翰修說，跟坐着的馬菲亞對望。

「憑着我的**才幹**，加上超級好運，我一定會贏。」馬菲亞說。

「超級好運？」

「我自小就超級好運，做事往往事半**功倍**。」

「怎麼可能？」翰修失笑道。他認為這是鬼話。

「你不相信我有超級好運啊？好，我最愛這種

狀況。」馬菲亞站起身,着傭人給他紙筆,走到翰修跟前。

「跟我玩個好嗎?」他沒由來的提議道。

「什麼遊戲?」翰修不曉得他想怎樣,但奉陪到底。

「猜拳。」馬菲亞説,並在三張紙上寫着什麼,「我們猜三個回合,看誰贏得比較多。」

翰修**聳一下肩**,表示沒問題。

「那開始吧。第一回合。」馬菲亞說。

「他在搞什麼鬼？」翰修想，首先出錘。

但馬菲亞什麼動作都沒有，只把三張寫了東西的紙放在地上。

「你在幹什麼？怎麼不猜拳？」小紅帽問。傑黑也是不明所以。

「**先不要管我。**」馬菲亞應道，「第二回合。」

「……」翰修第二次也是出錘。

「哥哥，那些紙是什麼意思？」格雷問偉特。他也只能搖頭。

「第三回合。」馬菲亞說。這次翰修出包。

「你三個回合的猜拳順序是錘錘包。」馬菲亞總結道，翻開那三張紙，「每一次都輸了給我。」

三張紙上分別寫了包包剪，確實都贏了翰修！

「**不可能！**」翰修想道，瞪着那幾張紙。

馬菲亞是在事前寫下猜拳的手勢，中途也沒有耍任何手段，為什麼他能夠取勝？

「因為我**超級好運**呀。這下子你相信吧。」
馬菲亞**奸笑**道。

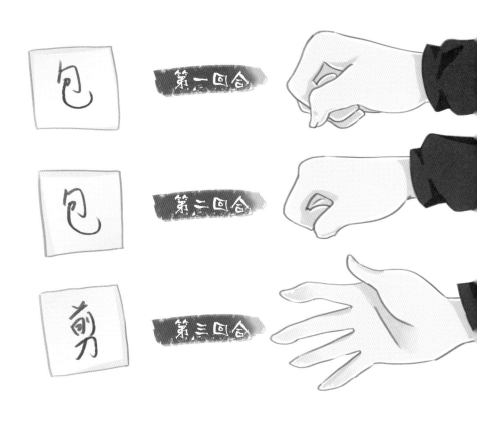

7. 賭場危機

　　離開馬菲亞的家後，偉特、格雷説了更多關於馬菲亞超級幸運的**傳聞**。但翰修仍然不太信納。

　　「他的成功肯定不是單純的運氣。」翰修説。

　　之後他們跑去馬菲亞的賭場。

　　那是一幢三層樓高的建築物，佇立在某個十字路口；賭場頂樓架了老大的招牌，標示着「**馬菲亞賭場**」。

　　他們打算繼續實驗，思考作賽的計劃，最好的

地點自然是實際的比賽場地。

「唔？」進入賭場前，格雷發現**不對勁**，「*小紅帽怎麼不見了？*」

不久前她還在這裏，現在卻不見了*蹤影*。

「對，她去了哪裏呢？」翰修說。

「你也不知道嗎？」偉特瞪眼。

「他一定在裝傻。」格雷瞇眼。

傑黑用肘子撞一撞翰修。

「你拜託了小紅帽做什麼工作吧？」他 低聲問。那工作鐵定跟龜兔賽跑有關。

「我完全不曉得你在說什麼。」翰修說。

「喂，連我也要隱瞞嗎？我可是你的同伴啊。」傑黑的眼鏡滑下來。

「暫時不要管小紅帽了，進去賭場吧。」翰修說。

賭場共有三層，在進行着不同種類的賭博。整個環境 **吵得不得了**，充斥着賭徒的吆叫聲，空氣也十分混濁。

翰修、傑黑、偉特、格雷走到位於地下的比賽場地，那裏放了幾張賭桌，競賽當日將會全部移開。

「目前的狀況是，『**讓馬菲亞輸掉**』的方向不可行，那麼還有什麼取勝的方法？」翰修説。

在他們商量事情的時候，有個壯碩的身影站在 **幽暗** 的角落。

他是馬菲亞其中一個手下。

「那個不是偉特嗎？要是他受了什麼重傷，不能參加比賽，馬菲亞先生應該會很 **高興** 吧？」

另一邊，小紅帽藏在一棵大樹的樹頂中。從她的位置可以窺視馬菲亞的房子。

「好的，*行動* 吧。」小紅帽跳到地面，接近房子的圍牆。

牆頭豎了多根防盜的倒鉤，但她並不在意。她一面 *哼歌♪* 一面從身上取出一隻鈎子，鈎子末端綁着一根繩子。

她颼的一聲拋起鈎子，勾着牆頭的倒鉤，再拉着繩子爬上圍牆。

爬到牆頭後，她抓着倒鉤 **倒立而起**，再以拱橋的姿勢翻到牆的後面。

「**一百分。**」小紅帽優雅的落地，為自己打分，「如果滿分是十分。」其實她大可用比較安全的方式翻越圍牆，但她就是愛搞怪。

　　小紅帽在樹上觀察了好一陣子，大致掌握了保鑣巡邏的時間，這個時候牆後應該沒有人。

　　只是她有所不知，馬菲亞也養了**守門犬**。在她越過圍牆後，三隻都柏文跑了過去，壓下前肢，露出牙齦，對她發出**胡胡的低吼**！

　　牠們勇敢又強壯，是其中一種最危險的守門犬！

　　三隻都柏文張開嘴巴，準備吼叫。萬一引起注意就更麻煩了！

　　「**住口**。」小紅帽瞪着牠們，簡潔道。

　　那個眼神十分恐怖，就是獅子也會別開眼睛。

三隻守門犬立刻合上嘴巴，彷彿牠們是她的
寵物。

「坐下。」接着小紅帽説。牠們馬上坐下。

「遞手。」

牠們乖乖遞手。

「好孩子。」小紅帽笑道，摸一下牠們的頭。
她光靠氣勢就把幾隻守門犬搞定了。

「之後再跟你們玩，我還有事情要做。」小紅
帽説，溜到房子其中一隻窗子去。

偷看窗內，保鑣比室外更多。

「看來不能那麼快了事呢。」
小紅帽蹲在窗前想。

賭場內。

「你能不能大聲一點，翰修？」傑黑説。周圍着實**太吵**了。

「我説第二個取勝的方法是 把馬菲亞淘汰掉 。」翰修稍為提高聲量，但也沒有多大聲。

最後一條規則指出，「**違反規則四、五一律淘汰**」，這一點可以加以利用！

7. 賭場危機

「你們進來賭場幹嗎？這裏不歡迎你們。」一頭大公牛趨近他們，他的鼻孔不住噴氣。

「我們想去哪裏就去哪裏，**輪不到你管**。」翰修頂撞他，一點也不懼怕。

「**好囂張的傢伙！**」大公牛呼喚他的牛兄弟，每一頭都是一身肌肉，「**給他們一點苦頭嘗嘗！**」

「**大事不妙！**」傑黑抓着自己的頭。

偉特、格雷也很害怕，摟着彼此。

至於翰修，不知何時走掉了。

「我也猜到了。」傑黑説。

8. 再做實驗

假如為翰修、小紅帽、傑黑、偉特、格雷的**打鬥能力評分**，最高分是**小紅帽**，有十分滿分。

之後是偉特，有四分。再之後是傑黑、格雷，都是三分。

最低分是翰修，只有兩分。

但，論**逃走能力**的話，他卻有八分。

以大公牛為首的牛群撲向傑黑、偉特、格雷。偉特抱起格雷，跳到賭桌上逃走；傑黑則竄到桌子

下面躲避。

一些牛兄弟堵住門口，防止他們逃出去。換言之他們是甕中之鱉，給大公牛抓住是早晚的事。

「怎麼辦？」傑黑急切想。

突然大公牛翻開賭桌，把他揪起來。

「你想躲到什麼時候？」

偉特、格雷也給牛兄弟圍堵，逼到**絕境**。

「**可惡。**」傑黑說。

絕望之際，瞥見空中有什麼閃亮的東西撒下來。

那些閃閃發光的東西竟是金幣！

「**是金幣啊！**」金幣一共有十多枚，人群立刻起哄，湧去搶奪，造成一片混亂。

人群有如洪水，**一浪蓋一浪**，你爭我奪。即使大公牛也抵擋不了他們的力量，被迫鬆開傑黑。偉特、格雷也獲得逃跑的機會。

「噯。」翰修**陡地現身**，動動指頭，示意他們逃出賭場。

製造這場混亂的其實就是他，那些金幣是從**糖果屋**得來的。

「所以你沒有離棄我們！」傑黑說。

「丟下你的話，誰幫我們背行李？」翰修說。

「……」

幾個人匆匆逃離賭場。沒料到牛群也掙脫了擠擁的人潮，跑了出來。

「你們逃不掉的！」大公牛怒吼道。

幸而救星及時出現，迎面跑過來！

「**我來了！**」小紅帽説，取出大鐵錘，用力向前拋。

牛群下意識的低下頭。但大鐵錘沒有擊中任何一頭牛，扔到不知哪裏去。

「哈哈哈，蠢材！」大公牛嘲笑小紅帽。

笑了沒有幾聲，賭場的大招牌**塌了下來**，壓住底下的牛群——小紅帽的目標由始至終是這個大招牌，要把它拆下來！

傑黑舒一口氣。牛群完全不能動彈，危機總算解決了。

「好在你及時回來。」偉特對小紅帽説。

「你究竟去了哪裏？」格雷問。

「**這個嘛……**」小紅帽沒有回答，支支吾吾。

事故吸引了不少途人圍觀，其中兩個人閒聊道：「我剛才經過馬菲亞的房子，看到一件超嘔心

的事情。」「什麼事情？」「那棟房子不知怎的湧出了許多**蟑螂**，大家都嚇得爭相走避，連馬菲亞也**落荒而逃**呢。」

傑黑緩緩望向翰修。

「不是説馬菲亞超級幸運嗎？怎麼他的家會有那麼多蟑螂？」翰修譏諷道。

「這是你做的吧？」傑黑沒好氣道，「所以小紅帽是去做**惡作劇**啊……」

翰修表示，直至比賽之前，躲在家裏會比較安全。其他人覺得很有道理，接下來兩天都留在家裏。

之後翰修再談起未完的話題——比賽第二個致勝的方法。

「傑黑，你去烤一些**曲奇**，我要用來做實驗。」翰修説。

原來傑黑考獲**初級糕餅師證書**，能做基本的餅乾、糕點。

過了片刻，傑黑從廚房走出來。

「曲奇烤好了。」他自信道。

翰修**急不及待**拿一塊曲奇來吃。

「他哪裏是想做實驗，他只是想吃甜點吧。」格雷想。

「我就知道，好難吃。」翰修說，把曲奇吐出來。

因為興趣的關係，傑黑考了很多證書，但沒有一項技能是學得好的，通通都是**半吊子**。

格雷重重的滑倒。

這幾個人真的有數不完的**吐槽點**啊！

　　翰修坐在飯廳，把曲奇放在餐桌上，作為棋子，模擬比賽。

「怎樣能把馬菲亞淘汰了？」

　　「我們可以令他不能在限時內完成比賽，比方說把他綑起來，直至時間結束。」小紅帽抓起一塊曲奇，放進嘴巴，「真的超難吃。」

　　規則四指出，選手「須在限時內完成賽事」。

　　「你又忘了，選手不能有身體接觸。」翰修說。規則五也說「不能與對手有**身體接觸**」。

「限制活動能力的方式有很多種，未必要有身體接觸。」傑黑受到**啟發**，「例如設置陷阱，把馬菲亞困住。」

「**好主意！**我們可以在地上挖個洞，讓他掉下去！」小紅帽興奮道，碰地把餐桌打破。

「你也不用真的弄出一個洞來吧！」格雷説。

「要是能想出好辦法，犧牲一張桌子也是值得的……」偉特説。

翰修抓着他的下巴。

「比賽在馬菲亞的賭場舉行，恐怕很難設置陷阱。」

好不容易抓到一點頭緒，但似乎又是**空歡喜一場**。

傑黑大感可惜。真的不能在不碰馬菲亞的情況下限制他的活動嗎？……

「等一等，我們是不是可以利用不能有身體接觸的規則？」格雷想到另一個主意，拿起兩塊曲奇，比擬偉特、馬菲亞，「比如跟馬菲亞靠得很近，令他碰到哥哥。」

「這個方法有太多變數了。假如馬菲亞堅持不動，我們就**無計可施**；偉特也有可能一個不小心，自己碰到馬菲亞。」翰修説。

「這樣不行，那樣又不行，那你有什麼**高見**？」格雷忍耐不住道。

也難怪格雷會**發脾氣**，他們已經討論了兩天，但仍然想不出一個法子來。

「傑黑老是説你腦筋很好，但我看你根本不外如是！」格雷説。

翰修不以為然，反倒小紅帽**氣得直跺腳**。

「我們是來幫你的，你這是什麼態度？」

「你們都冷靜，聽聽我説話。」這時傑黑插嘴，托一托眼鏡，「我想到了令偉特勝出的方法。」

9 大混戰

第二天早上。

格雷跑到廚房泡紅茶喝，發覺**紅糖**通通用光了。

「一定是翰修吃光了。」格雷嘆口氣，「怪不得昨天傑黑做的曲奇那麼**難吃**，因為他根本沒有加糖。」

昨天傑黑表示他找到了勝利的方法，但格雷抱有很大的**懷疑**。

看看翰修，他正坐在客廳內，怡然自得的看書；樓上傳來陶笛的樂曲，是傑黑吹奏的。他和小紅帽正坐在窗台上，小紅帽在看着風景，一對腳有節奏的**擺動**着，他則面對着房間，吹着陶笛。

感覺他們都認為贏定了，因此這麼放鬆。

「你的臉怎麼繃得這麼緊？**笑一個啦。**」偉特對格雷說。連偉特也相信他會取得勝利。

但格雷不敢苟同。

「傑黑想出的法子，我不覺得很可靠。」格雷心想。他要另想辦法。

格雷拿出幾隻茶杯，把茶倒進去，一面**整理思緒**。

　　要在龜兔賽跑勝出，只有三個途徑：第一，令馬菲亞先衝線；第二，令馬菲亞不能在限時內完賽事；第三，令馬菲亞接觸偉特的身體。

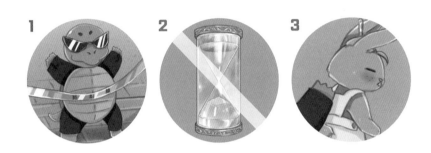

　　「哪個途徑可以利用呢？」格雷望着他所倒的三杯茶，*茫無頭緒*。每個途徑都有限制，橫看豎看都好像無法利用。

　　在這樣的情形下，只有依賴傑黑的策略了。

　　「*哈啾！*」尋思之際，偉特打了個噴嚏。

　　「你沒事吧，哥哥？」格雷問。

　　「我沒事，只是有點 *着涼* 而已。」偉特拭拭鼻子。

翌日。

龜兔賽跑根據約定，在十二時舉行。

只是場地略作變更，改在賭場前面進行。原因是賭場在兩天前發生了**騷動**，遭到破壞，不適合用來比賽。

馬菲亞封鎖了賭場對出的十字路口，禁止馬車通過，並劃出一條一百米的賽道。

圍觀的民眾極多，**黑壓壓**一群，擠滿了整個地區。

格雷、翰修、小紅帽、傑黑站在賽道一邊，馬菲亞的手下站在另一邊。

格雷抓緊他的 幸運糖果 ，祈求哥哥獲勝。或許馬菲亞有超級幸運，但他也有幸運糖果。

那邊廂，偉特、馬菲亞站在**起點線**上，準備作賽。

「那天大公牛襲擊你們，不是我指使的，我才不會做這種事。」馬菲亞對偉特説，「我一定要在公

眾場合打敗你，在這些觀眾面前羞辱你，不然贏了有什麼意思？」他露出**惡意**的笑容。

「哈啾——！」偉特正好打了老大一個噴嚏，兩條鼻涕噴出來，像鐘擺般擺動。這意外地是個不錯的「回應」呢。

「**三、二、一……**」蒼蠅站在終點線上，倒數道，他是這場賽事的裁判，「比賽開始！」巨大的沙漏上下倒轉了。

偉特、馬菲亞有約三十分鐘時間作賽。他們都一動不動，見機行事。

傑黑扶一扶眼鏡。

「該我出場了。」

正當他向前踏出一步，準備運用他的策略時，有誰**粗魯**的推開了人群，擠到賽道旁邊。

「**我要找你們報仇！**」他是之前給小紅帽收拾的變色龍！

更糟的是，他還有一個拍檔。

那個拍檔跟他有七八成相像，他是變色龍的**哥哥**！

誰能想到，比賽才開始不久就有變故——變色龍兄弟硬闖了進來，要找偉特等人**算帳**。

「偏偏在這個時候，真是*倒霉*。」格雷説。

「你太天真了，你以為變色龍兄弟是湊巧在這個時間出現嗎？天下間哪有這麼巧？我肯定他們是馬菲亞找來鬧事。」翰修分析道。

翰修猜得不錯，馬菲亞的確在昨天接觸變色龍，叫他去生事。

這樣找第三者妨礙偉特比賽，是相當聰明的做法，既沒有違反任何一條規則，也**乾手淨腳**——外人只會覺得是偉特自己惹了麻煩，和馬菲亞無關。

變色龍跟哥哥打個眼色：把偉特打暈，叫他不能動彈。

小紅帽**心知不妙**，跳到偉特身邊：「放心，我會保護你。」她瞪着變色龍，「你嫌上次飛得不夠過癮，想再來一遍嗎？」

「你的絕招都露底了，**誰會怕你？**再説我還有幫手。」變色龍説，跟哥哥交換眼神，並肩而上，「這一次換你嘗嘗飛翔的滋味！」

86

9. 大混戰

小紅帽的目光變得**鋭利**起來，抽出大鐵錘。

「老調重彈！你悶不悶？」變色龍伸出舌頭，黏着哥哥，把他拋起來。他再用舌頭黏走小紅帽的錘子，打個**筋斗**落地。

失去武器的小紅帽定了一定，變色龍乘機欺身上前。

「你以為我只有一柄錘子嗎？」小紅帽説，居然又抽出一柄錘子！

變色龍卻很**鎮定**。

「不是只有你有錘子啊。」

説話之間，小紅帽背後的變色龍哥哥握着鐵錘，打掉她另一柄錘子！

87

幾乎在同時，變色龍撞開偉特，抓起小紅帽，重重的摔出去！

「可惜飛得不夠遠。」他歪歪頭。

變色龍兄弟都是**不可小覷**的對手，一旦聯手更是**難以匹敵**！

倒在地上的小紅帽撐起身子，不料變色龍哥哥跑了過去，拿起鐵錘想敲打她！她只有躺下來滾動，躲開他的錘子！

變色龍哥哥揮了一錘又一錘，敲出一個個洞來。雖然小紅帽躲避了他的攻擊，但因為地面太粗糙的關係，弄至渾身刮傷。

「小紅帽……」旁觀的格雷緊張道。

翰修牢牢抓着他，也是**眉頭緊蹙**。

「嘿嘿。」變色龍哥哥俯視橫臥着的小紅帽，抓起錘子。

但，在錘子揮下來之前，傑黑攔腰撲了過去！

《我要守護小紅帽！》

只是變色龍哥哥動也不動。

「滾去一邊啦！」他煩厭道，掉下錘子，把傑黑扔到偉特身邊去。

「啪、啪、哈、哈啾！」偉特又打噴嚏。

儘管傑黑幫不了什麼忙，但為小紅帽製造了空隙。她伺機魚躍翻身，伸腳把變色龍哥哥踹飛！

可是背後還有一個敵人——變色龍丟出舌頭，纏着她的腳跟，把她拉倒！

「要是你跟我求饒，或者我可以考慮讓你少吃點苦頭。」變色龍一腳踩着她的頭。

小紅帽卻**冷冷一笑**。

「你們完蛋了。」

「你還真會**虛張聲勢**——」

話還沒有説完，變色龍突然受到攻擊，給誰撞至飛起，眼前天旋地轉。

「！？」

在變色龍兄弟弄清楚發生了什麼事之前，他們

相繼給人擊倒。事情
發生得極快，他們甚
至沒有還手的**機會**！

那個施襲的人
是傑黑，正確來說是
變了**人狼**的傑
黑。方才偉特對他
打了個噴嚏，令他
也打起噴嚏來！

但見傑黑趴在小紅帽前面，**守衛**着她。

「我要守護小紅帽。」傑黑已經喪失了意識，
但這個念頭仍釘在腦子裏。

小紅帽**會心一笑**，走向偉特。傑黑見狀也
跟着她走。

有人狼在的話，不可能有人能靠近他們。

馬菲亞不能再玩什麼花樣了。

比賽過了十分鐘後，天空開始下雨，而且**愈下愈大**。

不過觀眾並沒有因此而散去。他們紛紛拿起能擋雨的東西，遮蓋自己。

馬菲亞自然不用這麼狼狽，着花豹替他打傘。受傷不輕的變色龍兄弟站在他側邊，抬手擦臉上的雨。

偉特、小紅帽、傑黑、翰修、格雷都沒有雨具，全都淋得像**落湯雞**。

翰修定定的盯着馬菲亞。他不認為馬菲亞會這麼輕易罷手，他肯定還有**花招**。

翰修注意到馬菲亞瞟了變色龍一眼，之後變色龍若無其事的走開。

「他們想幹什麼？」翰修不禁起疑。

偉特給傑黑嚴密的防守着，他們理應耍不出什麼花樣……

當翰修看見變色龍握着拳頭，立刻明白馬菲亞的**詭計**！

「格雷，你願不願意幫助哥哥？」翰修連忙問格雷。

「**願意呀。**」格雷答道，不曉得他怎麼這樣問。

「那就好了。」說罷翰修提起格雷，使勁丟到馬菲亞身邊的花豹身上去！

「**唉——？**」格雷完全搞不懂狀況。

在格雷撞上花豹後，翰修一個箭步閃到馬菲亞跟前，把他抬起來。馬菲亞馬上把頭和手腳收進龜殼。

「你在做什麼？放開我！」馬菲亞**厲聲**道。

「既然你這麼**卑鄙**，我也不會跟你客氣。」翰修冰冷道，「叫變色龍別動，丟掉手上的東西。」

變色龍在聽到這句話後收起腳步，朝馬菲亞看去。他正站在離終點不遠的位置。

「我不知道你在說什麼。」馬菲亞說。

「別跟我**裝傻**，我什麼都知道了。」翰修瞪着他，「你吩咐了變色龍去拔偉特的毛，拿到終點去……」

變色龍撞開偉特，抓起小紅帽——

「這樣偉特就會輸給你，因為規則三說『身體碰到終點線即算衝線』，而**毛髮**屬於身體一部分。」翰修說。

簡單來說，拿着偉特的毛通過

94

終點，等同他本人衝線。那是馬菲亞第二手準備。

「……」馬菲亞詭計遭識破，**憤恨不已**。

「要是你不終止你的計劃，我就直接把你擲去終點，看變色龍比較快還是你比較快。」翰修**威脅**他道，「我做的事跟你做的並沒有分別，所以沒有犯規。假如你因此先過終點，大家都會認同，算是偉特勝利。」

因為偉特希望贏得**光明正大**，他們不曾考慮採用這一類手段。但如果馬菲亞不對在先，情況就不同了。

馬菲亞並沒有思考**太久**，就讓步道：「變色龍兄弟，你們走吧。」他不便公開承認自己的詭計，所以這樣說。

「那麼你要我們做的事……」變色龍不確定馬菲亞的心意，**躊躇**道。

「叫你們走就走，不要說那麼多話！」馬斯亞截斷他。

於是變色龍丟下偉特的毛，與哥哥**離開**。

翰修也遵守**承諾**，放下馬菲亞。

「這下子只有公平比賽了。」馬菲亞對翰修説。

10. 偉特的決心

大雨持續下着。

沙漏的沙流了約一半，翰修、小紅帽、傑黑、偉特、格雷一直處於「**挨打**」的狀態。

「我們該**反擊**了。」小紅帽說，叫喚傑黑，「你聽到我說話嗎？」

傑黑提到有辦法能擊敗馬菲亞，**無奈**那個策略只有他能進行，而現在他變了人狼，什麼都做不來。

他要等三十分鐘才能回復原形，到時比賽都完結了。

「傑黑！」小紅帽**別無他法**，只能嘗試喚回他的意識。格雷也幫忙叫他的名字。

格雷臉上流着雨水，混和着淚水。偉特若是輸了，就要做馬菲亞一輩子的奴隸。他萬萬不能接受。

可能是**天見可憐**，傑黑竟然真的出現變化，眼神閃現理智的光芒！

「*我的頭好痛……*」傑黑以人狼的形態說。

「先別管頭痛了，時間無多，快點用『那個』對付馬菲亞。」小紅帽說。

「**唔**。」傑黑快速攝定心神，自背包裹拿出一隻陀表。

他不是想看時間，而是要催眠馬菲亞！

規則要求選手要在限時內完成賽事，假如催眠了馬菲亞，令他倒頭大睡，那偉特就能贏了！而傑黑擁有**初級催眠師證書**，有催眠他人的能力！

馬菲亞瞥見傑黑取出一隻陀表，好奇的望過去。

傑黑覺得再好不過，對他搖晃陀表。

「你覺得好睏，眼皮**愈來愈重**……」他像發出夢囈般呢喃道。

過了不久，眼皮果然變得很沉重，意識逐漸沉睡。

可是睡去的不是馬菲亞，而是傑黑自己！

因為興趣的關係，傑黑考了很多證書，但沒有一項技能是學得好的，通通都是半吊子。

格雷大動作的**跌**了一跤。

小紅帽、翰修則是一副「我也猜到不會這麼順利」的神情。

傑黑的策略是不錯，但可惜不成功。

沙漏剩下的沙**愈**來**愈**少。

比賽接近尾聲。

偉特、馬菲亞都跑到了終點之前。馬菲亞的旁邊仍然站着花豹，打着傘；偉特則有小紅帽、傑黑陪伴。

馬菲亞再也沒有任何行動，偉特也沒有別的妙計，現時能做的，只有把握時間結束的一刻衝線，看誰比較慢。

「唔？」格雷發覺有些**不對頭**。哥哥在賽事進行期間一直沒有怎麼説話，這不太像他的性格。於是他跟翰修走到偉特那裏，了解情況——

偉特原來發燒了，而且是**高燒**，只是他忍耐着不作聲！

馬菲亞站在離他們不遠的地方，現出**獰笑**。

「難不成是他搞鬼嗎？」翰修想。

100

「『那個』終於發揮作用了。」馬菲亞笑着說，「我是說我的 **『超級幸運』**。」

偉特所以會在這個時候病倒，是因為比賽移師到戶外舉行，加上中午開始下雨，再加上偉特前一天着涼。那是多個巧合重疊的結果，機會極微，卻偏偏發生了。

不能不承認，馬菲亞真的有超級幸運。

「偉特看來很糟呢，立刻送去看醫生比較好吧。」馬菲亞說。雖然是 **惺惺作態**，但卻沒有說錯。

「對 ……」格雷抓着偉特，拉他去看醫生。

然而偉特拒絕了。

「我要留到比賽 **最後一刻**。我要擊敗馬菲亞。」偉特喘着氣說。

101

「我明白，要是你現在棄權了，以後就要做馬菲亞的奴隸，但總比掉了性命好呀。」傑黑勸他道。

「不行，不擊敗馬菲亞的話，他就會繼續留在這裏，**不斷作惡**，我一定要把他趕走！」偉特説。

想不到他着眼的不是自己的自由，而是大家的幸福。

「哥哥……」格雷流下**眼淚**。

翰修卻冷冷一笑。

「你為了這些人付出了那麼大代價，跟馬菲亞打賭，但他們倒過來做過什麼？什麼都沒有，他們甚至連打氣的話也沒有説過，只是來這裏看熱鬧。你的犧牲**值**得嗎？」他指着四周的群眾道，「事實上趕走馬菲亞本來是所有人的責任，根本不應該由你一個人承擔。」

觀眾聽到翰修的**指責**，無不慚愧的低下頭。

「我心意已決，你説什麼也阻止不了我。」偉

特說。就是要豁出性命，他也在所不惜。

翰修**搖頭嘆息**，小紅帽、傑黑倒是很敬佩他的行為。

「蠢材，你當自己是大英雄啊？」馬菲亞當然是大聲嘲笑偉特，「我可以告訴你，不管你是輸是贏，都不會有人在乎。你贏了不會有人感激你，你輸了也不會有人覺得可惜。因為人都是自私的，大家都只關心自己的事情。在我看來，你的拚命只是**笑話**。」

「**不准你這樣說哥哥！**」格雷忍不住道，跟馬菲亞你一句我一句的吵了起來。

偉特沒有理搭馬菲亞，他的心思全放在沙漏上。

當馬菲亞幼稚之極地跟年紀小一截的格雷拌嘴，沙漏的沙已經所餘無幾，快要流光。

「**是機會。**」偉特想。

大雨一刻也沒有停下來。

偉特**全身濕透**，臉色十分難看。他的雙腿發軟，整個人跪了下來。

格雷、小紅帽、傑黑趕忙攙扶他。

「不用扶我。」偉特虛弱道。

「我看你還是不要**逞強**了，棄權吧。」馬菲亞虛情假意道。

「我仍然可以多撐一會。」偉特站立起來。

然而他的狀態真的很糟，終究摔了下來。

「**哥哥！**」格雷大叫道，撲向偉特。

「都説你是蠢材了。」馬菲亞對偉特説，半點

同情心也沒有，「先旨聲明，就算他是因為去世而不能在限時內完成比賽，也是我贏。」

「**哈哈哈**……」不料偉特用最後的力量笑出聲，打斷馬菲亞的話頭。

「你在笑什麼？」馬菲亞冷峻道。

「我在笑你搞不懂狀況。在你說那些廢話的時候，時間結束了。**你輸了**。」偉特躺在終點上說。

原來剛剛偉特看見沙漏的沙快要流完，於是演了一場戲，假裝跌倒。這樣做一則可以**分散**馬菲亞的注意力，讓他不看沙漏，二則可以順便衝線，一舉兩得。

「**我贏了**。」偉特滿足道，不用蒼蠅裁決也可以知道是他贏了。

他以為弟弟、翰修等人會圍上來恭喜他，但，很奇怪，沒有人作聲。

「你在說什麼了，偉特，時間還沒有完啊。」過了一會，傑黑說。

105

「什麼！」偉特說，猛地向沙漏望去。

沙漏果真還有沙，時間果真還沒有 **結束** ！

「**不可能……**」偉特對自己說。他明明看到沙已經流光，不會有錯！

馬菲亞滿臉 得意 ，悠然的觸碰終點。

「我也衝線了。因為你比我早到終點，所以我贏了。」

11. 秘密作業

沙漏明顯仍有沙，因此是馬菲亞勝出。

偉特不明白何以會這樣，**張大了嘴巴**。

「從 今天 起你就是我的奴隸。」馬菲亞俯望着他，「但我不會花一塊錢替你治病，你只有求神拜佛，期望你的病自己會好。」

格雷失去了希望，**頹然**的坐在地上。小紅帽、傑黑也**黯然神傷**，佇足不動。

「你是不是有什麼搞錯，馬菲亞，誰說你贏了？」

此時翰修卻説出這樣一句話。

「你不是想**撒賴**吧？大家都可以作證是我贏了，清清楚楚。」馬菲亞説，他身旁的花豹踏前一步，「不過你們要撒賴也不要緊，我有很多方法招呼你們。」

「我不是要撒賴，先聽我解釋。」翰修説，走到沙漏去，「**格雷，送偉特去看病，快。**」他吩囑格雷道。

格雷馬上將哥哥帶走，期間有幾個觀眾幫忙。

「你放心，偉特不會遠走高飛。」翰修看着馬菲亞，「要走的人會是你。」

「他怎麼這麼有信心？難道他識穿了我的**把戲**嗎？不可能，那個把戲進行得很順利，一點問題也沒有。」馬菲亞暗想，望望沙漏。

不知不覺雨停了。

「讓我把事情從頭説起。」翰修説，一柱**陽光**穿透烏雲，照耀着他，「剛剛偉特看見沙漏的沙快

流光，所以才會衝線。可是，**一轉眼**，卻發現沙漏竟然還有沙。為什麼會這樣呢？因為沙漏動了手腳。」

馬菲亞**一聲不響**。

「動了手腳？」傑黑說，提起狼爪扶眼鏡。

「沒錯，馬菲亞在沙漏一邊底座設了暗格，並裝上沙。當沙漏的沙流光，這個暗格會自動打開，把沙卸下來。」翰修比一下沙漏上面的底座，看看傑黑，「之前我們討論過怎樣能令對手先衝線，馬菲亞示範了最好的方法——就是 誤導 對手以為限時完了。」

「好傢伙……」馬菲亞想。他不曉得翰修什麼時候**識破**他的把戲，不過就算是這樣，也沒有太大關係。

「好的，我承認我做了這樣的事。」馬菲亞坦承道，「只是這對賽果一點**影響**也沒有，因為我並沒有犯規，所以贏的仍然是我。」

「**不要臉的傢伙**，你這樣出術，贏了也不光彩！」小紅帽不忿道。

傑黑也心有不甘，但正如馬菲亞所說，沙漏偷裝了沙並沒有改變「偉特比馬菲亞快衝線」的事實。

「你知道我是什麼時候發現沙漏有古怪嗎？」翰修莫名其妙的問馬菲亞。

「誰管你。」他聳一下肩。

「是那天我們去你的家的時候。」翰修不知為何詳加說明，「當時傑黑不過碰一碰沙漏，它就抵受不了，*倒* 了下來。」

「那個沙漏花了五萬塊錢去製造。」馬菲亞說。

「五萬塊！」傑黑嚇得眼鏡也跳起來，跑去攔

110

截小紅帽,「你是破壞王,不能碰這東西!」他邊說邊拍拍沙漏。

誰知道沙漏「弱不禁風」,輕輕一碰就整個跌下來!

「我覺得很**不尋常**,想來想去只有一個解釋:因為沙漏兩邊的重量不一樣,上重下輕,所以一碰就失平衡。這令我想到,也許下面的底座有暗格,你大概打算利用那個暗格來*作弊*。」翰修作出蹺蹺板的手勢,「那時暗格已經裝了沙,不過和另一邊實木底座相比,重量始終**差一大截**。」

「你在那裏**絮絮不休**,到底想說什麼?」馬菲亞不耐煩道。

「很快就會說到重點了。」翰修示意他忍耐,「我推測沙漏設有暗格,但那終究只是假設。為了證實這個假設,我派了小紅帽去你的家,看看沙漏是不是有暗格,裏面是不是沙。」

兩個人閒聊道：「我剛才經過馬菲亞的房子，看到一件超嘔心的事情。」「什麼事情？」「那棟房子不知怎的湧出了許多蟑螂，大家都嚇得爭相走避，連馬菲亞也落荒而逃呢。」

當日那些蟑螂的確是小紅帽放的，不過目的不是惡作劇，而是弄走房子裏的人，創造機會**檢驗**沙漏。

「果然小紅帽發現沙漏有**暗格**，證明我是對的。當然，難得溜進了你的家，我不會只叫小紅帽檢查沙漏。」翰修把掌心伸向小紅帽，「我告訴小紅帽，假如她找到暗格，可以順道把裏面的沙換掉，換成別的東西。」

說了這麼久，終於說到**重點**了。

「別的東西？」馬菲亞益發感到**不安**。

「我叫小紅帽將暗格的沙換成紅糖。」翰修說，眼中閃耀智慧的光彩。

112

格雷跑到廚房泡紅茶喝，發覺紅糖通通用光了。

「一定是翰修吃光了。」格雷嘆口氣，「怪不得昨天傑黑做的曲奇那麼難吃，因為他根本沒有加糖。」

那時偉特、格雷的家找不到紅糖，是因為那些糖都給小紅帽拿了去換沙。

「換句話說，**暗格裝的不是沙，而是紅糖。**如果你不相信，可以打破玻璃查看。」翰修敲敲沙漏，「因此偉特第一次看到沙漏的沙要流完，是真的流完。現在大家看到的，只是紅糖而已。由於紅糖跟沙很像，所以很難看出來。」

他走到馬菲亞跟前。馬菲亞有點**站不穩**。

「在沙漏的沙流光的時候，你仍未衝線。即是你沒有在限時內完成比賽，你輸了。」

這樣以紅糖取代沙子是最好的做法。只把暗格的沙子拿走的話，未必能破壞馬菲亞的奸計，因為他有可能發覺暗格空了，隨機應變改用別的措施。

翰修在看穿暗格的事後**順水推舟**，反過來擺馬菲亞一道，藉此取勝！

「你不是參與了翰修的計劃嗎，怎麼一副全不知情的樣子？」傑黑問小紅帽。

「我只是執行他交代的任務，**自始至終**我都搞不懂他在做什麼。」

翰修沒有對任何人說明換沙計劃，最主要的原因是他懶惰。

「**我是不會接受這個賽果的！**」馬菲亞不服輸道。他有的是權勢，就是反口不認帳，也不會有人敢說話——

然而，望望四周，觀眾卻 **出乎意料** 的逼視着他！

受到偉特的感染，所有人都鼓起了勇氣，**齊心協力** 對抗馬菲亞！

馬菲亞再也不能像以前那樣 **橫行無忌**，必須依照諾言離開小鎮。

這是偉特的勝利，也是正義的勝利。

12. 前往糖果屋

　　幾天後，偉特、格雷為翰修、小紅帽、傑黑送行。三人得繼續上路。

　　偉特萬幸沒有大礙，身體一兩天就**痊癒**了。

　　「不曉得以後你變成人狼，是不是還可以保持常性？」小紅帽對傑黑說。

　　「**我也不知道。**」

　　「那做個實驗看看吧。」小紅帽說，拔格雷的毛搔傑黑的鼻子，令他打**噴嚏**。

傑黑變作人狼，追着一隻**蝴蝶**的影子咬，完全是狼（狗？）的表現。

「似乎不行。」小紅帽冒一滴汗，「翰修，我們恐怕要多等三十分鐘才能走。」

格雷面對着翰修，遞起拳頭。

「我很相信馬菲亞有**超級幸運**。」

格雷説着，攤開拳頭，掌上是他的幸運糖果，「不過因為我有幸運糖果，讓我能跟你們相遇，把他打敗。」

「謝謝你們。」偉特道謝道。

「不客氣。」小紅帽説。傑黑仍在追着蝴蝶的影子。

118

「我現在按照**約定**，把幸運糖果送給你。」格雷向翰修送上糖果。

翰修看了一會那顆糖果。

「你是怎樣得到這顆糖果的？」

「我是在**糖果店**買的。」格雷納悶翰修為何問這問題。

「這顆糖果你自己收着吧，我不要了。」翰修推開格雷的手。

為什麼翰修一開始那麼想要**幸運糖果**，現在卻又不要了？

原來，他以為那顆糖果是糖果屋的東西，但細看後發現不是那麼一回事。

為求保險他問了一下格雷怎樣得到它，結論是那只是普通的糖果。

「我們一定會找到線索。」小紅帽安慰翰修。

翰修一看到跟糖果屋有關的東西就會**心緒不靈**。因為他的妹妹歌麗德在跟他逃離糖果屋後神秘

119

失蹤了。

在翰修的世界裏，歌麗德排**第一位**。

他去過家鄉找歌麗德，但她並沒有回去。苦無頭緒的他只有展開旅程，重返糖果屋，看看能不能找到**線索**。

之後碰巧遇上小紅帽和傑黑，便結伴同行。

「再見。」偉特、格雷説。

「再見。」小紅帽揮手道。

翰修、小紅帽、（仍是人狼狀態的）傑黑跟偉特、格雷道別後，朝**糖果屋**的方向進發。

TO BE CONTINUED......

動物們的小道消息

偉特與格雷的家

　　偉特與格雷的家有四個房間。友善的他們邀常常請朋友來家作客，就算玩晚了，也有足夠的睡房供客人們使用。

偉特與
格雷的家

一樓

二樓

變色龍兄弟的秘密

　　很多動物們都說變色龍兄弟的樣子長得很像，而且他們都可以改變自己身體的顏色，常常讓人分不清他們，可是細心觀察會發現他們的分別。

　　變色龍哥哥的臉是國字臉，後腦有兩根角、身上和四肢的斑紋是呈圓點狀，背部鋸齒狀突起。

　　變色龍弟弟是三角形臉，嘴巴尖尖的，後腦只有一根角，背部圓弧形突起，有着倒三角形的斑紋。

　　大家能分清變色龍兄弟了嗎？ ^^

作　　　者	一樹	
責任編輯	周詩韵	
繪圖及美術設計	雅仁	
封面設計	簡雋盈	
出　　　版	明窗出版社	
發　　　行	明報出版社有限公司	
	香港柴灣嘉業街 18 號	
	明報工業中心 A 座 15 樓	
電　　　話	2595 3215	
傳　　　真	2898 2646	
網　　　址	http://books.mingpao.com/	
電子郵箱	mpp@mingpao.com	
版　　　次	二〇一九年十二月初版	
I S B N	978-988-8526-50-5	
承　　　印	美雅印刷製本有限公司